朵朵小語

讓自己豁然開朗的100則提醒

朵朵—著

朵朵小序✽陪伴與提醒

時間像蝴蝶輕盈的翅膀，飛掠過歲月的花間。自從一九九九年開始書寫第一則朵朵小語以來，至今已經是第二十五年。

回望這段過程，只覺得那個偶然的開始，清晰得有如昨天。

本來是因為我所主編的副刊版面需要一些短短的小文，但我所邀稿的作家朋友遲遲未能交稿，所以我只能從每天早晨所寫下的隨筆來補版，未料刊出後得到許多讀者的回響表示喜愛，給了我源源不絕的支持，從此一寫就是四分之一個世紀過去。

因為當時以為只是一個臨時的性質，而我那時已經以本名出版了許多小說與散文，所以就用直覺想到的「朵朵」作為筆名。

當下只覺得這個筆名很可愛，後來回想起來，才發現它其實蘊藏著我的心靈狀態，是與大自然的連結，一朵一朵的花，一朵一朵的雲，那正是我在寫作時所置身的環境。

我總在清晨的山中靜心、閱讀與書寫，遠離一切塵囂，坐在懸崖邊的一株櫻花樹下，面對著層層的青山和遼闊的天空，聆聽著山谷中的流水淙淙，也聆聽著自己內在的聲音，如此寂靜的山中彷彿只有我一個人。寂靜其實充滿了聲音，水聲、鳥鳴、蟲唧、風吹過樹梢的沙沙聲，甚至花開的聲音。而映照如此寂靜的，是我喜悅的心。在那樣的當下，我總覺得自己透明空曠，與整個存在合一。

於是寫下這些小語的時候，我心中無限寧靜，那種感覺彷彿自己是一架豎琴，上天透過我彈出與清風流水共振的弦音。

這些小語是我的自言自語與自問自答，是一個高頻的我在回應心中的絮語，所以我用第二人稱來書寫；至於「你」，那「親愛的」，是閱讀那則小語的你，或許也是寫下這些文字的我自己。

「讓作品本身去說話就好」是我認為寫作最好的狀態，作者保持沉默與隱形可以讓作品更純粹，因此很長的一段時間裡，朵朵不曾公布本名，甚至與我認識很久的朋友也不知道朵朵小語的作者就是我。如此十多年過去，我就這樣一邊寫小說，一邊寫小語，分別以本名和筆名寫下一本又一本的作品。

然而隨著時間的推移，我越來越清楚地意識到，彭樹君所寫的小說與散文，朵朵所寫的小語，其實都指向了療癒的主題，像是兩條發源不同而終於匯聚的河流，一起流向心靈的海洋。

於是有一天，我覺得時間到了，不需要再隱藏朵朵的本名。從那時起，有如一個階段的完成，彷彿某種水到渠成，我內心的某個懸念也放下了。

而我想說，親愛的，謝謝這麼多年來，四分之一個世紀過去，仍然擁有你不曾離去的陪伴。我是多麼幸運。

這本書是新的創作，同時也是書寫朵朵小語二十五年來，主要概念的匯合與整理，是我的回望，也是我的前行，但願能與你分享。

親愛的，也希望你能把這本小書放在手邊，在任何需要的時候，當作朋友的提醒，也當作我們之間同心共感的陪伴。

Contents

卷一

✲

沮喪失落時，你需要這些話

卷二

✲

悲傷心碎時，你需要這些話

卷三

✽

憂慮不安時，你需要這些話

卷四

✻

自我懷疑時，你需要這些話

卷五

✲

憤怒委屈時，你需要這些話

卷六

難熬難過時，你需要這些話

卷一

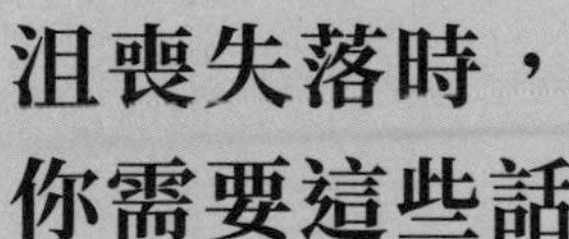

沮喪失落時，你需要這些話

每個人都有與生俱來的天賦

親愛的，你聽說過橡實理論嗎？

Acorn Theory，橡實理論，這是心理學上的一個名詞，意思是說每個人降生之前，就像一顆橡實，早已包含了一生的藍圖，一旦落地生根，就注定會長成一棵橡樹。

橡樹可以代換成屬於每個人的植物。換句話說，每個人都有與生俱來的天賦。

如果你是一顆橡實，注定會長成一棵橡樹。如果你是一顆玫瑰的種子，就算落進了荊棘遍布的土地裡，也還是會開出美麗的玫瑰。

所以親愛的，當你覺得懷才不遇灰心喪志的時候，**相信自己吧，無論環境如何險惡，只要不放棄自己，終將展現屬於自己的天賦。**

當自己的啦啦隊

日文有個詞彙叫做「言靈」，意思是語言是有能量的，甚至是一種靈驗的預言。

所以不要輕忽了自己所說的每一句話，不但平常要說正面肯定的話語，處在人生低谷的時候更要當自己的啦啦隊，不斷地給自己精神喊話。

「我會越來越好的。」

「一切已經在好轉的路上了。」

用這些肯定句來催眠自己，讓它成為你的信念。

當你不斷地對自己這麼說，親愛的，你真的會越來越好，一切也真的會在好轉的路上。

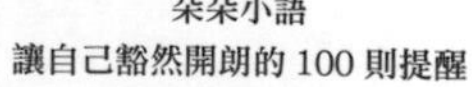

過程是生命活過的證明

即使到了最後沒有得到你所追尋的也無須沮喪，因為你早已得到那最重要的。

在那個過程裡，那些喜怒哀樂的感受是你的，那些靈光閃現的領悟是你的，那些切身的體會是你的，那些無法言喻的一切，都是你的。

親愛的，真正重要的是這樣獨一無二、不能重複的過程，有過就值得了。

真正可貴的不是你所追尋的，而是你在追尋的過程裡所產生的熱情，那是光，是愛，是能量，是你的生命活過的證明。

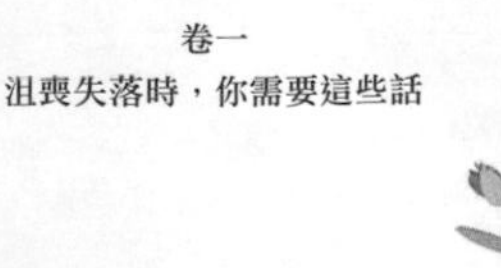

落地是飛翔的一部分

鳥兒為什麼可以飛翔？因為牠相信自己可以飛，而且不害怕墜落。

鳥兒們在學飛的過程裡已經體驗過墜落，牠們知道那是必然的過程；也是那一次次的墜落，讓牠們學會了如何優美地降落。

親愛的，你所經歷的並不是失敗，而是還沒成功之前必然的過程。

就像落地是飛翔的一部分，那些過程也是你人生的一部分。

所以像鳥兒一樣放心去飛吧，**如果飛翔的關鍵在於隨時都可以降落，那麼成功的秘訣也就在於隨時都可以重新開始。**

樂觀是給自己一道光

當天空有烏雲的時候，樂觀的人不只看到烏雲，還看到烏雲後面的光。

樂觀是給自己一道光，看見另一種可能，有著另一種想法和另一種做法，也許就得到另一種結果。

親愛的，如果你曾經在大雨中歌唱，那麼也將在晴空下微笑。

所以，雖然那件事看起來像是一片烏雲，但是你可以用樂觀的心去撥雲見日。

相信自己就是相信奇蹟

你走過一片灰色的水泥地，卻見到隙縫中生出一株綠色的小植物，而且還開了一朵紅色的小草花。

水泥地上開出花來，這是個奇蹟。你感到驚喜。

然而你也知道，這其實是一顆種子蓄勢待發的破土能量，然後在許多條件的配合之下，完成了這個奇蹟。

就像你正在做的那件事，雖然還看不到成果，但只要持之以恆，也許哪一天就會忽然開出花來。

親愛的，相信自己，就是相信奇蹟。給自己時間，就是給奇蹟發生的時間。

平靜地接受當下

人生沒有偶然，一切皆是必然。當下的發生是從前因緣的累積，現在的一切也將成就後來的結果。

所以當事情不如己意的時候，不要再不平地詰問茫茫的虛空：

「為什麼這些事情會發生在我身上？」

而是要靜下心來問自己：

「該怎麼做，我才能改變這一切？」

親愛的，雖然現在是這樣的狀況，但是未來絕對可以改變，**而平靜地接受當下，是改變未來的第一步。**

是的，無論目前的一切是如何充滿困難，**只要以一顆平靜的心去面對，無形中就是在改變現狀，也是在創造你想要的未來。**

時間不會停留在此刻

雖然此刻看起來很艱難，但親愛的請不要灰心。

因為時間不會停留在此刻，世界不會停留在此刻，你也不會停留在此刻。

此刻只是這一刻，也許到了下一刻，狀況就變了。

沒有什麼永遠不變的，這世間唯一不變的是一切都在變化，一切都是流動的過程。

也許該轉彎了

如果那條路行不通，那麼也許該是轉彎的時候了。

從A到Z，從起點到終點，有那麼多不同的走法，有那麼多不同的選擇，真的不必非哪條路不行。

就像你的人生，也不是非要怎樣不可。若是感覺某個目標難以為繼，快要走不下去，試試另一條路徑，也許就能發現美麗的風景。

親愛的，有些時候，你以為前方已經絕路到底，山窮水盡，然而轉個彎，眼前卻是豁然開朗，柳暗花明。

你的希望列車

列車的前進需要鐵軌，如果沒有鐵軌的存在，再好的列車也只是靜止不動的廢鐵。

而你的前進也是在自己的軌道上，軌道的一邊是信念，另一邊是行動力，這兩股力量必須同時存在，才能承載你的希望列車，成就你想成就的事情。

相信自己可以，而且還要把信念化為行動，這是你為自己鋪設的鐵軌。

親愛的，人生如列車，而鐵軌的一邊是念力，一邊是努力，雙邊同時進行，將會帶著你往想去的方向而去。

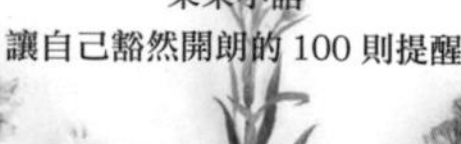

所有的挫折都有它存在的意義

接二連三的打擊，讓你失去笑意。你不明白人生為何如此艱難？上天又為何要這樣對待你？

這一切雖然很辛苦，但是經過逆境的考驗，你會感到生命的厚度增加了，會發現內心漸漸變得強大。你會看見自己新的一面，因此認識一個新的自己，也更喜歡這樣的自己。

快樂不是唯一有益的情緒，所有的挫折都有它存在的意義。

是的，**親愛的，是那些摧折打擊淬煉出了更好的你，也是因為走過逆境，讓你遇見更好的自己。**

春天的落花成就秋天的果實

面對著那樣的失去，你惆悵不已，難以釋懷。

但你並不知道，後面還會有怎樣的發生。

你看見的只是一時的失去，然而宇宙或許還有祂神秘的安排。

總是先有春天的落花才有秋天的果實，今日的失去也許成就了明日的獲得。

親愛的，得失之間往往是一個循環，失去的可能會以不同的形式再回來。

所有的得到與失去都有意義，昨日有昨日的花落，明日有明日的花開。

所以靜心等待未來的發生，並且相信一切都是剛剛好的安排。

031

卷一
沮喪失落時，你需要這些話

自我沉潛的時光

人生總有高峰與低谷。有時機運順暢，各種好事不斷，有時時運不濟，一切窒礙難行。

有好有壞，有高有低，這本來就是人生的常態。

重要的是，**當處在低谷時，不要以為這就是永遠，也不要認為這就是失敗，這不過是一段自我沉潛的時光，讓你好好重整自己，為下一個揚升的來臨做準備。**

當無法出海捕魚時，就好好編織漁網。如果沒有一張細密的漁網，就無法得到理想的漁獲量。

親愛的，正是因為低谷中的沉潛，才成就了高峰的風光。

靜靜躺著蓄積能量

你覺得一事無成，跌入了沮喪的深淵。

如果一時沒有力氣離開那個深淵，那麼就靜靜地躺一躺吧。

什麼都不要做，什麼也不要想，不要自我譴責，也不要自我批判。

只要靜靜地躺著，靜靜地看著自己。只是如此而已，這樣就夠了。

當你感覺到四肢開始有力氣的時候，再起身，然後跨出第一步。

這時你將發現，不知什麼時候，一條道路已經開展在你眼前。

於是你恍然大悟，原來**靜靜地躺著也是一種蓄積能量的姿勢，當能量可以自我支撐的時候，原來的深淵就會成為眼前的道路。**

這一切都會過去

處在情緒的低潮裡，你的心情一片溼淋淋，呼吸之間都是沉悶的空氣。

為了那個人和那件事，你悶悶不樂，鬱鬱寡歡，世界彷彿一直下著雨，周圍都長出了青苔，漂浮著溼氣。

你覺得自己一輩子都要被困在這種潮溼的感覺裡了，看不見光亮，找不到出口。

不會的，**就像沒有固定不變的天氣，也沒有固定不變的心情。你不會永遠處於溼淋淋的低潮，天空也不會永遠落下紛亂的雨。**

所以，親愛的，告訴自己，**這一切都會過去。**

而一切也真的會過去。

◆ 卷二 ◆

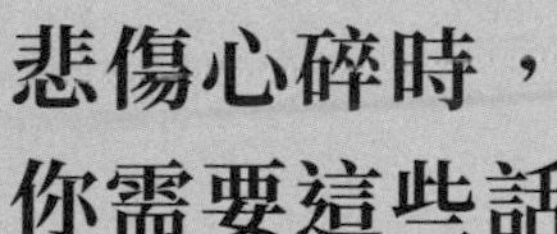

悲傷心碎時，你需要這些話

傷心的時候更要愛自己

在經過那樣的破碎之後，你只覺得心裡彷彿被挖去一大塊，對未來失去盼望，不知道該如何把日子過下去。

那麼也許就轉移心思，把注意力放在當下的每一件小事上。好好去吃美味的飯菜，好好穿上喜歡的衣裳，讓自己的感覺美好，讓自己開心起來。

親愛的，傷心的時候更要愛自己，所以更要好好吃飯，好好穿衣，好好從這些日常瑣事做起。

只要時時刻刻這樣好好過下去，不知不覺之間，那些悲傷心碎也就悄悄過去了。

靜靜感受呼吸就好

如果你正在悲傷心碎，只覺得一切都無以為繼，那麼什麼話都不要說，只要靜靜感受自己的呼吸就好。

吸——吐——吸——吐——吸——吐……

在專注地一呼一吸之間，感覺一縷生命的氣息進出自己的身心，像是微風穿透過窗，風中充滿了撫慰人心的花香。

在這樣的當下，你被療癒了，也真切地體會了：

生命其實可以很簡單，只要還能好好地呼吸，就沒有什麼過不去的。

過去的都是夢，唯有這當下的氣息是真實的。

在專注地一呼一吸之間，你感覺生命依然在繼續——繼續支持自己，繼續鼓舞自己，也繼續愛自己。

把愛的力量還給自己

你一直期待著別人來愛你，也一直為了別人不夠愛你而失望傷心。然而若是期待著別人，就是把自己的力量交給了別人，因此當你的期待落空，你所感覺到的只有心碎與空洞，還有虛弱與卑微。

把力量拿回自己身上來吧！與其期待別人來愛你，不如好好愛自己。

愛自己不會可有可無，不會若即若離，也不會再有落空的期待。

愛自己讓你明白自己何其珍貴，需要被好好善待。

親愛的，關於愛自己，沒有別人可以幫忙你，那是自己一個人的事，也是最重要的事，只有自己能為自己辦到，而且一定要做到。而愛自己就是把愛的力量還給自己，也將成就一個有愛有能量的自己。

把自己當成第一個愛的對象

你總是想要愛人，但你有先好好愛自己嗎？

你一直在照顧別人，但你有先好好照顧自己嗎？

許多時候，別人對你的付出，既不感謝，也不在乎，甚至覺得不需要，這時的你不會心灰意冷嗎？

親愛的，永遠都要記得，在愛人之前先愛自己，在照顧別人之前先照顧自己。

也唯有當你先愛了自己，對方才會尊重你，你的付出對他來說也才會有意義。

所以不管是面對誰，別忘了都要把自己當成第一個愛的對象。

你才是自己的世界裡最重要的人

你的心思總是在別人身上。

因為你覺得那個人是你很重要的人，所以你時時刻刻牽掛著他，擔心著他，如果他不快樂，你就覺得天都要塌了。

但是對方也是這樣把你放在心上嗎？

單方面的一廂情願，不是太辛苦了嗎？

不管那是誰，把心思放回自己身上來吧！

再愛的人也是別人，親愛的，你才是自己的世界裡最重要的人。

別人快不快樂是別人的事情，讓自己快樂才是你對自己的責任。

這是真的嗎？

看看眼前這一切，你真的覺得很真實嗎？你從未懷疑這也許只是一場夢嗎？

為了這場夢，你認真地哭，認真地笑，認真地在其中喜怒哀樂，然而那些悲歡離合是真實不虛的發生嗎？

對某件事情或某個狀態感到痛苦，往往是因為你認真了。

而平靜的秘訣正在這裡：不要把人生當真。

人生不過是一場夢裡的遊戲。所發生的一切，也只是時間的夢境。

所以，親愛的，當你覺得痛苦難當的時候，就問問自己：這是真的嗎？

這是真的嗎？這句話是一個奇妙的咒語，可以讓你瞬間離開當下的糾結，心中清明平靜。

卷二

悲傷心碎時，你需要這些話

你的心永遠都是自由的

你看起來黯然神傷，你說是因為那個人讓你這樣，他掌控了你的喜怒哀樂，你的心情跟著他對你的好好壞壞而上上下下。

然而，除非是你願意被掌控，誰能影響你呢？

表面上你是因為那個人而愁眉不展，事實上是你允許自己這麼不快樂。

在任何狀態下，你的心永遠都是自由的，沒有任何人任何事可以牽制你的心。

親愛的，決定你是否快樂的人只有你自己，從來都不是別人。

不必在乎不在乎你的人

他總是說他很忙，他總是說他沒時間，你體諒他，不敢打擾他，卻無法平息心底的惆悵。

親愛的，也許你該面對現實了。

這個世界上，最昂貴的就是時間，若要知道一個人是不是在乎你，那麼就看他是否願意為你付出時間。

沒時間只是藉口。若是真心想做的事，真心想見的人，一定都是有時間的。

如果一個人對你總是沒時間，那麼他一定不在乎你。

不在乎你的人，你又何必在乎呢？

所以收起那些傷心惆悵，你的人生很昂貴，情感與時間都要用在值得的人身上。

不再受苦的決定

在感情這條道路上，明明有著對方的存在，你卻覺得自己踽踽獨行。

如果那個人說愛你，卻忍心讓你受苦，那麼他就是在說謊。

如果那個人忍心讓你受苦，卻甚至連愛你的謊言也不說，那麼你有什麼理由要繼續承受這樣的痛苦呢？

你說這一切都是因為你太愛他，但這其實是因為你太不愛自己。

而你需要的只是一個「不再受苦」的決定。

親愛的，真的不值得為了不能善待你的人而自苦，把心收回來吧！

別再為了不在乎你的人，獨自走上那條寒冷又孤單的道路。

讓你痛苦的是你的念頭

你說他傷害了你，但這並不是真的。

沒有人可以真正傷害你，除非你允許自己被傷害。

或者說，傷害你的不是他，而是「他傷害了我」這樣的想法。

如果思想是地獄，那麼把自己關進牢籠的不是別人，正是自己；而唯一可以打開那座牢籠的，也只有你自己。

真正讓你痛苦的是你的念頭。所以別被自己的念頭綁架了，只需要一個意念的轉換，一切的痛苦就可以結束。

念頭一轉，心就開了。

一個瞬間的轉念，就開啟了一個新世界。

力量在你，決定也在你，親愛的，真的沒有人可以囚禁你折磨你，除了你自己。

放下別人就是自由的開始

不知道你有沒有發現，你許多的不快樂都來自於對別人的期待。
你期待別人為你改變。
你期待別人給你想要的東西。
你期待別人以你喜歡的方式對待你。
但往往事與願違，所以你常常悶悶不樂。
如果放下這些期待呢？
不再期待別人給你他無法給你的東西，而是接受他的局限。
不再期待別人以你的標準對待你，而是明白他有他的方式。
不再期待別人變成你理想中的樣子，而是祝福他成為他自己。
親愛的，放下別人就是自由的開始。
把對別人的期待還給別人，就是把自己的快樂還給自己。
是的，當你放下對別人的期待，自己的世界就會海闊天空了起來。

悲傷的時候去散散步

悲傷的時候，你的心被卡住，那是一種冰凍的感覺，你的世界彷彿成為荒原。

在這樣的當下，讓自己的能量流動起來吧！

去散散步，去看看天空中流動的雲，去感覺四周流動的風。

你在一個流動的世界裡，而你自己也走在流動的步履中。

你的身體流動的時候，你的心靈也就跟著流動。

走著走著，就把過去遠遠地留在身後。

走著走著，每一步都走成了流動的當下。

所以，親愛的，悲傷的時候去散散步！當你的身心都處於流動的狀態，當你一步步地向前，心裡的那些鬱結也將漸漸溶解，於是你越走越輕快，越走越自由，於是你把一片荒原走成了流動的河流。

靜靜看著自己的心

毫無緣由地，你又被捲入悲傷的浪潮。

在這樣的當下，什麼都不要做，只要靜靜地自我觀照。

這世界上最無常的就是自己的一顆心，而打亂你心的情緒是個不速之客，但它會來，也就會走。

所以靜靜看著自己的心就好，像看著不斷去而復返的浪潮。

然後你會發現，觀看著這一切的是另一個平靜的自己。

於是你也將發現，不知什麼時候，浪潮漸漸平息，悲傷已經遠離。

轉身的勇氣

其實你心裡很明白，在這段感情裡，你並沒有被善待。

你心中總是有兩種聲音在不停地對話，一個聲音說：「再試試看。」另一個聲音說：「現在就離開。」

這兩種聲音背後的兩股能量在你心中交戰，相互抵銷，結果讓你疲憊不堪。

決定之前是最困難的，但決定之後就可以海闊天空。而你需要的就是一個當機立斷的決定。

讓過去過去吧，未來才有未來。

當該結束的結束了，該開始的就會開始。

親愛的，面對一樁只是耗損你的關係，你要有轉身離開的勇氣，斷絕過去的覺悟，還要有永不回頭的決心。

離去，同時也是開始

雖然你並不願意離開，卻不得不告別。你覺得非常心痛。

你說就像走進了萬物蕭條的冬天，放眼望去看不見任何生機，一切皆是死寂。

但是**如果這真的是冬天，那麼在枯葉凋零的表象之下，一定正醞釀著春天的新葉**。

就像你的離開，不僅是「離」去，同時也是「開」始。

所以，親愛的，開始期待春天的來臨吧！世事如四季流轉，當上一個季節離去，就開始了下一個季節。

◆ 卷三 ◆

憂慮不安時，你需要這些話

萬事萬物都自有安排

有一個無所不知、無所不能的超凡力量，維持著宇宙的秩序，讓日升日落，讓月圓月缺，讓潮來潮往，讓花開花謝。

宇宙大能看管一切，當然也照顧你。你是整個存有的一部分，所以不會只是一人在單打獨鬥。你是安全的，是被愛的。

所以把你的煩惱交託給祂吧！你所憂慮的事，你所掛念的人，你所愁煩的那些絲絲縷縷，祂都知曉，也都看顧。

焦慮不安的時候，徬徨無依的時候，只要閉上眼睛，讓自己靜下心來，然後交託……

親愛的，感覺到了嗎？**你所交託的那個神秘力量，那個宇宙大能，就在你心靈深處。於是你切切實實地知道，一切無須擔憂，萬事萬物都自有安排。**

臣服於宇宙的帶領

你總是擔心這個，擔心那個，幾乎對每件事情都不放心。

你總是希望事情能按部就班，依照你所預設的軌道而行。

但結果往往事與願違。

因為**擔心必然藏著恐懼，而恐懼的信念怎麼會帶來喜悅的結果呢？**

親愛的，順流就好了，任何事情都要輕鬆以對，一切才能流暢地運作。

花的生長，雲的流動，都有其自然而然的內在脈絡，都是毫不費力的自我展現，而你也是如此，與其堅持某條預設的軌道，不如放鬆下來，順流而行。

所以**臣服於宇宙的帶領吧！當你臣服，就匯入了宇宙大河的流動之中。**

臣服就是順流，就是讓生命自行開展，而你順勢而為。

臣服就是讓整個宇宙推動你，把你帶往該去的方向。

感謝是治癒焦慮最快的途徑

你常常感到憂慮，總是覺得不安，你擔心會有不好的事情發生，也擔心目前擁有的不夠用。

親愛的，憂慮不安的時候，就感謝吧！

感謝上天總是眷顧你和你的世界，感謝你愛的人和愛你的人都平安，感謝每一朵花開花謝，感謝每一日的陽光與星辰。

感謝自己擁有的是那麼多，感謝你將得到更多。

當你發自內心地感謝，心輪會敞開，你會接收到更高的宇宙頻率，提升你的能量狀態，於是事情就會朝著更好的方向而去。

感謝是治癒焦慮最快的途徑，因為感謝和焦慮無法同時存在。

感謝也是改變現狀最好的方式，因爲當你的能量狀態改變，你的世界也就跟著改變。

讓光進來

黑暗並不存在，因為黑暗只是光的不在。

同樣的，恐懼並不存在，因為恐懼只是愛的不在。

讓光進來，黑暗就消失了。

同樣的，讓愛進來，恐懼就消失了。

愛是光，恐懼就是你內在的黑暗等著被愛照亮的地方。

所以，當你感到恐懼，就去擁抱你的內在小孩，告訴他：

「不要怕，我愛你，我會一直陪著你。」

親愛的，每一次的恐懼都是讓你看見更深的自己，更靠近自己，更懂得如何愛自己。

信任帶來力量

焦慮總是來自於對未知的不安。

那麼就多一點信任。

信任這個宇宙的善意。

信任自己處理事物的能力。

信任上天不會給你超過你所能承受的試煉。

也信任別人會好好照顧他自己。

信任帶來力量。多一點信任，就減去很多不安，同時多了一些明白。

明白**一切的發生都是為了你靈性的成長，一切也都將會讓你成為更好的自己**。

明白**一切都是因緣的聚合，一切也都是剛剛好的安排**。

放鬆，讓寧靜在心中綻放

當你緊張焦慮，世界就成為自我爭戰的地獄。

當你放鬆，世界就和平了。

一切唯心造，因為心的狀態不同，世界就不一樣了。

如果感到內在的緊繃，就閉上眼睛深呼吸，改變自己的心靈狀態。

深呼吸是最簡單的靜心，也是對治緊張焦慮最簡單的方法。在反覆的一呼一吸之間，你漸漸鬆開內在的緊繃。

然後，**寧靜像是芳香的花朵，在你的心裡綻放。**

在漸漸放鬆裡，你也成了一朵寧靜的花，開在和平的世界之中。

把生活調成靜音的模式

這世界上充滿了喧囂的聲音，但你可以把生活調成靜音的模式。**減少對外界的關注，更專注於自己的內心**。你漸漸建立了屬於你的內心之家，可以擋住一切外在的風雨。

於是你不會再被別人對你的指指點點所綁架，那些聲音像是停在屋頂上的烏鴉，只是嘎嘎的噪音，沒有任何意義。

這世界上有太多流言蜚語，而**你在靜心中明白，沒有人有權評價你，只有自己可以為自己下定義**。

不完美就不完美吧

你說你是個完美主義者，確實是的，任何事情，任何時候，你都希望盡善盡美。

於是你像是一個嚴厲的老師，總是以嚴苛的眼光看待自己，隨時糾錯，不放過任何可以改進之處。

但你永遠達不到完美的標準，因為那是根本不存在的，是鏡中之花，是水中之月，總是在縹緲的前方。

所以你沒有得到完美，而是得到無盡的焦慮，以及對自己的責備。追求完美讓你活得好累。

親愛的，當你愛的是完美，你將無法愛自己。

不完美就不完美吧，接受這個事實，你就瞬間放過了自己。

不完美就不完美吧，接受當下真實的自己，你就擁有了自己最好的樣子。

情緒都是無根的

你常常覺得恐懼不安，也常常感到沮喪悲傷。

而你必須明白，**情緒都是無根的，無常的，像變幻不定的雲影，像隨生隨滅的浪花，沒有真實的本質**，可能上一刻生起，下一刻就消失了。

你也必須明白，**天空不是雲影，海洋不是浪花，你也不是你的情緒。**

所以，親愛的，靜靜看著情緒變化就好，像是天空看著雲影，海洋看著浪花。

這樣就好。

停止無謂的自我折磨

不安的感覺像是某種地獄的藤蔓，在心靈的角落裡悄悄爬行，因為種種負面的想像，恐慌有如莖葉越生越多，直到將自己掩沒。

那不過是想像而已，你卻因此在地獄裡行走了一回。

親愛的，不要在未知之中對負面的可能蔓延無限的想像，那只是無謂的自我折磨，因為那些都不是真實的發生。

用祝福取代不安，用感謝取代憂慮，相信自己是安全的，是被愛的，一切都會很好的。

祝福加上感謝，再加上相信，恐懼的藤蔓就不會生長，就不會有內心與外境的投射，於是一切也就真的會很好。

信心總是在行動之中累積

焦慮總是來自於負面的想像，你想像著某一種不好的結果，那還沒有發生，很可能永遠都不會發生，但在你的想像裡，它即將發生，因此你坐立難安。

那種結果若是你不能改變的，再多的焦慮也沒用，然而若是你可以改變的，就開始付諸行動去改變它。

與其在腦海中預支著某種痛苦，不如去做些什麼事情。

只要開始去做，踏實與篤定就會漸漸增加，焦慮與虛無就會慢慢減少。

信心總是在行動之中累積，所以開始行動吧！親愛的，當你踏出第一步，就在改變現狀的路上了。

放下一切控制

有時重要的不是要做什麼，而是什麼都不要做。

不需要做什麼，也不需要說什麼，平靜與安寧就在了。

當你不再企圖掌控，抗拒和批判就消失了，分析和計算就消失了，二元對立就消失了，所有困頓的情緒也就不存在了。

親愛的，放下一切控制，允許一切如其所是，就放下了所有的不安與焦慮，就得到了平靜與安寧。

放下一切控制，於是你的存在放鬆成為一片白雲，而你的世界成為遼闊的藍天。

好好地泡個澡吧

沮喪失落的時候，悲傷心碎的時候，焦慮不安的時候，就去好好地泡個澡吧。

放上一池溫暖的水，或許還加上一些香氛，你沉浸其中，感覺到自己從外到內都在溶解，從身到心都在放鬆。

身心相連，身體鬆開的時候，心靈也會鬆開。

想像著你的那些沮喪失落，那些悲傷心碎，那些焦慮不安，都從你的身上剝落，化解在池水之中。

也想像著池水充滿療癒與撫慰，給你需要的能量。

泡澡化解了身心的鬱結，也是補充能量的方式。

於是當你起身並且讓池水嘩啦啦流去的時候，你感到能量充滿，又能好好地去面對一切了。

觀察你的念頭

擔憂是你的習慣，你常常愁眉不展。
你說你也不喜歡這樣，但就是習慣性地擔憂。
親愛的，擔憂的念頭出現時，就告訴自己：
這只是一個念頭，不是事實。
觀察這個念頭，像是觀察一縷輕煙，或是一道水的波紋。
於是你將發現，念頭的本質也像一縷輕煙，或是一道水紋，在你觀察的當下就消失無蹤了。
如此，擔憂的習慣也就漸漸淡了，遠了，不存在了。

真正的平安是內在的平安

就像潮來潮往不曾止息，外在的變化也永不停息。

這本來就是個無常的世界，如果因為外界的變化而任由心情上上下下，彷彿不停地被海潮沖刷，那麼活在這個世界上也就太辛苦了。

真正的平安是內在的平安，所以在每一個動盪的時刻靜下心來，並且提醒自己：

外在的一切都是夢幻泡影，內在的平和安寧才是真實的皈依。

親愛的，只要自己的內在是平靜的，就有應對外在變化的能量。

也可以這麼說，只要內在是清醒的，就會知道外界的動盪都是夢了。

◆ 卷四 ◆

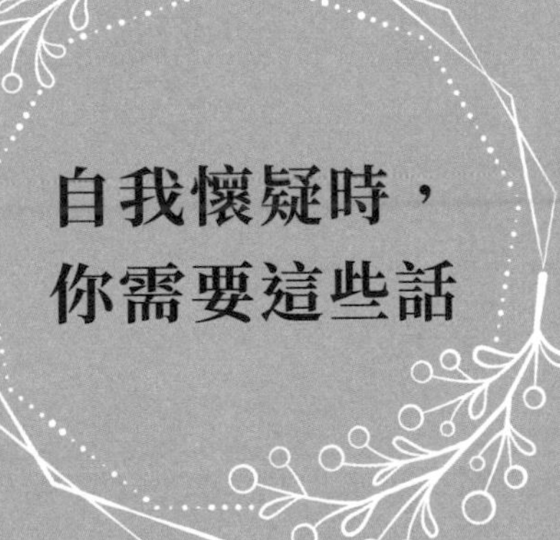

自我懷疑時，你需要這些話

你的信念創造你的世界

信念是人生的關鍵詞。因為信念的緣故，心成了一塊磁鐵，會引來與它共振的事件。

是的，**你的信念創造你的世界**。

也就是說，你相信什麼，就發生什麼，就得到什麼，就成就什麼，就有什麼樣的世界。

你的世界是你想出來的！所以，親愛的，相信自己是美好的存在，相信自己值得被愛，相信今天會有好事發生，也相信明天值得期待。

相信自己就成為自己

當你自我懷疑，當你不相信自己，你就把自己關進了黑暗的地窖。

你覺得自己不夠美，也不夠好，你不相信你想要的那些未來可以得到。

但這只是「你覺得」，而感覺是可以改變的。

所以你也可以覺得自己很美、很好，你也可以相信想要的未來你都將得到。

只要改變你的感覺，只要願意去相信，然後付諸行動，你就可以走出那個黑暗的地窖。

相信自己，就會成為自己，親愛的，這是成就你想要的未來的第一信條。

停止一切比較

你總是暗中與某人較勁，也常常因為感覺被比下去而心焦如焚。

這種比較的感覺像是一種陰暗的小蟲不時嚙咬著你，讓你渾身不自在，終日不甘心。

然而那是你因為自我懷疑而找來的假想敵，只是自己在為難自己。

就算如此大戰風車三百回，還是在虛假的輸贏裡。

放下你的自我懷疑也放下你的假想敵吧，同時告訴自己：

「停止一切比較！」

相信自己，就不會與別人比較。

知道自己的獨一無二，也不會與別人比較。

親愛的，做你自己就好，真的不必與任何人比較。

與全世界和解

一個不喜歡自己的人，對自己總是充滿了挑剔與懷疑，當然也不會喜歡自己所置身的世界。

在在都不順眼，事事皆不順心，活著成為一件累人的事情。

如果不喜歡自己，就會覺得荊棘遍地，處處都與自己為敵。

那麼從看見自己的美好開始，去改變一切吧！

能看見自己的美好，就能看見世界的美好，因為外境是內在的投射。

所以，親愛的，當你可以愛自己，喜歡自己，完全接納自己，就是與全世界和解。

你的人生由你詮釋

同樣的一朵玫瑰，有人因為看見花而覺得美，也有人因為意識了刺的存在而感到疼痛。

就好像同樣的一件事情，從什麼角度去看，就得到什麼樣的詮釋。

也正如同樣的一個你，發生在生命中的那些經驗，你從什麼維度去看，就得到什麼樣的感受與心得。

所有的經驗都沒有真正的好壞，是你看待它的眼光決定了美麗或疼痛，光明或黑暗。

換句話說，你選擇用什麼樣的視角來詮釋自己，就擁有什麼樣的人生。

那麼，親愛的，你會如何看待自己呢？

如果你是一朵玫瑰，你會願意看見自己的美，還是自己的刺呢？

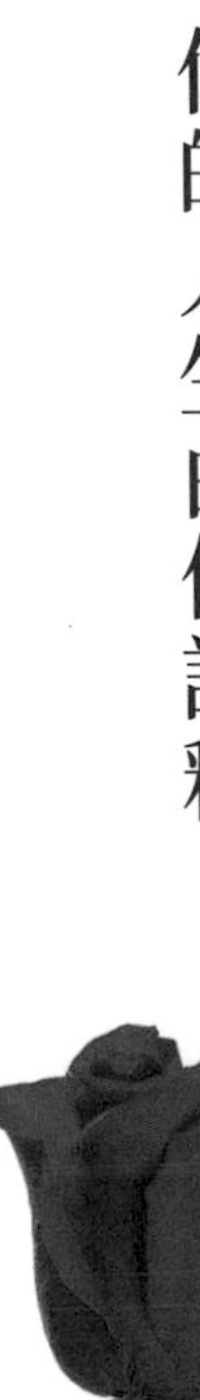

世界是你內心的鏡子

有一個你必須知道的秘密是：

你怎麼看你自己，這個世界就怎麼看你。

也可以反過來說，你怎麼看這個世界，就怎麼看你自己。

因為你的世界是一面鏡子，反映了你的內在，你所看見的其實是你心裡的風景。

也就是說，一切的外在表象都是內在心念的投射。

所以，**親愛的，支持自己，這個世界就會支持你；愛你自己，這個世界也就愛著你。**

卷四
自我懷疑時，你需要這些話

你的本身已是完整的存在

你常常覺得孤單無助。你希望遇到一個可以把你從不快樂當中拯救出來的人。你相信自己是某個人失落的半圓，除非遇到對方否則不會完整。然而當你把自己的快樂與否寄望在別人身上，就注定了一場幻滅的開始。

因為那是把力量交給別人，就像在砂礫上蓋房子一樣，早晚會崩塌。

人生中重要的不是遇到別人，而是認識自己。沒有誰是誰的拯救者，也沒有誰是誰那失落的半個圓。

與其對外追求，不如往內探索。

因此，把重心放回到自己身上來吧！**親愛的，你的本身已是完整的存在。**

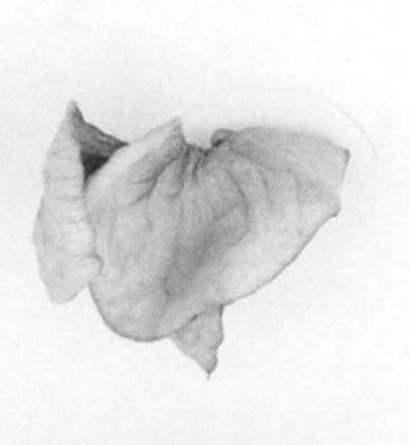

一朵花的啟示

一朵不知名的花，在花園的一角盛放。

如此怡然自得，並不因為是否有人觀賞而改變她的姿態，也不會與身旁的玫瑰比較而自憐自傷。

這朵花只是自在地展現自己，愛悅著自己的存在。

看著這朵花，你心裡也開了一朵花，瞬間明白了：

最好的自己，是衷心接受當下這個真實的自己。

不要自我懷疑，不要對自己失去信心，**只要你願意，也可以是一朵怡然自得的花。**

這是一朵花給你的啟示。

美麗的盛放只是為了成為自己

山崖邊開了一朵花。你偶然經過，發現了她。

這裡少有人跡，你不禁為她惋惜，如此美麗卻沒有被看見，燦爛的盛放都白費了啊！

但是有人看見也好，沒人看見也罷，這朵花都一樣自在，而你忽然明白，遺憾是你內心的投射，卻不是這朵花的自我感覺。

對她來說，**美麗的盛放只是為了成為自己，並不為了期待別人。全然在當下自在的狀態裡，一切就已圓滿無缺。**

親愛的，你也要像這朵花一樣，**我自盛開，我自精采，自然地展現自我就好，相信天自安排，何必在乎蝴蝶來或不來。**

給自己愛的支持

當問題發生的時候，不用急著跳進去解決那個問題，因為這時的你是焦慮的，帶著混亂的能量去處理，並不會讓事情更好。

這時要暫停下來給自己愛的支持，要對自己說：

「我相信這件事的發生有益於我的靈魂，將會給我的人生帶來正面的收穫。我是安全的，被守護的，一切都會是非常美好的。」

反覆地這麼對自己說，直到真正平靜下來，再去處理該處理的事。

親愛的，當你的頻率是正向的，事情就會有正向的發展。

給自己愛的支持，就是把自己帶去更好的地方。

不必討人喜歡就是自信的開始

想要討人喜歡，就會在乎別人對自己的看法，就會下意識地自我挑剔，就會以嚴苛的眼光看待自己，就會懷疑自己不夠好而失去自信。

但是你為什麼要討人喜歡呢？

為了討人喜歡而不喜歡自己，這是一樁賠本的生意，是拿鑽石去換沙礫，完全沒道理。

其實你無須討好誰，無須取悅誰，無須讓誰滿意，你只需要好好愛自己，並且坦然做自己。

明白自己不必討人喜歡，就是自信的開始。

真的無須討誰喜歡！親愛的，你唯一需要取悅的那個人，只有自己。

與世界一起和諧共振

找不到自己的時候，去看看山，去看看海，去感受無所不在的神性存在，也感受自己被包容在宇宙大能之中，與整個世界一起和諧共振的美好存在。

親愛的，當你覺得自己很陌生的時候，或許只是因為離大自然太遙遠了。

大自然充滿療癒的能量。與大自然連結，就是與自己的心靈連結。

所以，去感覺風的能量，去感覺水的能量，去感覺自己在無窮無盡的天空之下是如何被庇蔭，被恩寵，被愛。

因為被愛充滿，你的內在也湧起了源源不絕的能量。

卷四
自我懷疑時，你需要這些話

屬於你獨一無二的成功

走在人來人往的街道上，你常常覺得自己被淹沒在社會的洪流中，如此孤單，如此渺小。

有人知道你嗎？有人看見你嗎？如果如何努力都不能功成名就，那麼生命的意義在哪裡呢？

但是**親愛的，你不需要去成為別人心目中那個成功的人，那不過是他人的複本，你只需要成為獨一無二的自己，這就是屬於你獨一無二的成功。**

人生重要的是知道「我是誰」，而不是「為什麼我不是誰」。

也不需要向所有人解釋你是什麼樣的人，做好你自己就是對生命最好的證明。

像蝴蝶一樣翩翩飛起

當一隻蝴蝶翩翩飛起的時候，迎接牠的是整個春天。**一隻小小的蝴蝶也能擁有廣大的天地，你的世界又怎麼會被局限呢？**

親愛的，不要限制了你自己，不要懷疑自己的價值，不要對自己說不行，你的面前是無限的天地，你永遠有無限的可能去走出你的道路，去開創你的人生。

只要相信，**當你像蝴蝶一樣翩翩飛起的時候，迎接你的也將是整個世界。**

所有愛的源頭都是從愛自己出發

在人生的旅途中，最大的悲劇就是不愛自己。因為這一生與你常相左右的就是自己，如果不喜歡自我陪伴，不知道如何與自己相處，生命將成為一場漫長的怨憎會。而那些來到你身邊的人也往往容易離開，畢竟若是不愛自己，就不會真心相信別人會愛你，也不會懂得如何去愛人。

親愛的，所有愛的源頭都是從愛自己出發。

是的，愛的源頭就在自己，不在別處。

愛自己是一生一世此情不渝，和自己的關係是最重要的關係。

所以，當你與自己和好，就是與愛和好，就是與整個世界和好，其他美好的關係也自然會來到。

◆ 卷五 ◆

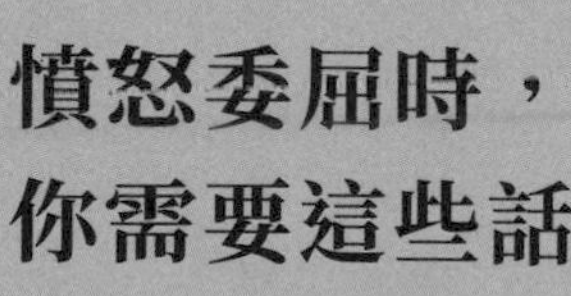

憤怒委屈時，你需要這些話

原諒過去的自己

你多麼希望時光能倒流，讓你去挽回那個錯誤。不該說那句話的，不該做那件事的，不該做那個選擇的，不該讓那件事發生的。

懊悔的感覺像是不斷去而復返的浪潮沖刷著你，淹沒了你，讓你在午夜夢迴時不能成眠。

懊悔是一種難以自處的無力情緒，每當這種感覺湧起，就是再一次地提醒你：**要原諒自己。**

親愛的，原諒自己吧，不斷地原諒自己！

時光不能倒流，過去無法挽回。**接受所有的發生，就是原諒過去的自己。**

原諒了自己，你才能感覺內在新生的力量，才能平靜地睡去，微笑著醒來，然後去創造你要的明天。

當自己的天使

你無法讓時光倒流去修正錯誤，但是你可以停止自責。罪惡感是一種有毒的情緒，它會癱瘓你的當下，腐蝕你的內心。這種情緒必須盡快讓它過去。

自我譴責的時候，你很難愛自己，所以要以另一種情緒來代替自責，要接納那個讓你覺得不夠好的自己，要像個天使一樣地對自己說：

「雖然那件事我做錯了，但我依然愛自己。」

「雖然那句話我說錯了，但我依然愛自己。」

親愛的，愛自己就是停止自我責備，就是自我支持，就是在任何狀態之下依然能夠鼓舞自己，就是當自己的天使。

從一朵花裡看見天堂

你曾經專注地凝視一朵花嗎？

你曾經從一朵花裡看見天堂嗎？

在那樣全心全意的當下，你看見花的美麗，聞到花的香氣，感覺到她的自在與放鬆，於是不知不覺之間，你也放鬆了下來，於是你漸漸被花同化，心裡也有一朵花在靜靜綻放。

親愛的，思緒起伏的時候，難以平靜的時候，覺得需要被療癒的時候，就看著一朵花吧。

深呼吸是最簡單的靜心，而專注地凝視一朵花，是讓紛亂的心迅速安靜下來最美的方法。

你的超能力

你想要有什麼樣的超能力？會飛的能力？點石成金的能力？徒手治癒他人疾病的能力？還是能看到千里之遙遠方的能力？

也許你最需要的超能力，**是把自己的情緒從別人的言語與行為之中分解開來的能力，是放過自己的能力，是隨時都可以讓發生的事情過去的能力。**

有了這樣的能力，你就能在每一個當下斷絕惱人的感受，無論在何時何地都能回到氣定神閒的自己。

不要對討厭的人朝思暮想

你有沒有發現，你常常在想的都是那個討厭的人。

然而每一次想起那個人，其實都是與他的連結，也都是與他的聯絡。

但他是誰？值得你如此把他放在心上念念不忘？

他明明讓你如此不舒服，你卻讓他來占據你的時間，破壞你的心情，讓他以一種負面的方式來陪伴你，這是不是太對不起自己了呢？

親愛的，不要對討厭的人朝思暮想，而是要無視他，不想他，不與他連結，拒絕他的打擾。

所以告訴自己，用一秒鐘的時間去想那個討厭的人都太多！然後把他的身影拋在身後，從此不必再聯絡。

進入你心中那片綠色森林

親愛的，你知道你的心中有一片綠色森林嗎？

當一場爭執爆發，眼看著對方怒火高漲，為了不給那把火添加柴薪，也不隨著對方的火勢起舞，所以你暫時離開現場，到一個沒人打擾的地方，閉上眼睛，走進你心中那片森林，在其中深呼吸……

當再回到現場，平靜的你已經知道該如何面對對方。

因為你明白**不要以憤怒回應憤怒，那只是讓火燒得更旺。**

所以你需要那片綠色森林，它幫助你離開火爆的現場，避免在盛怒之下說出不可挽回的話，也保護自己不會被火灼傷。

親愛的，常常進入你心中那片綠色森林，涵養一顆隨時可以回到平靜的心靈，隨時感受那片清涼與寧靜。

寬恕的本質是放下

都說要寬恕。

但你就是不能原諒。

你因此感到不安，懷疑自己是否器量太過狹小，是否靈魂不夠進化？

然而誰說一定要原諒？你不需要接受這樣的道德綁架。

其實**所有的寬恕，都是對自己的寬恕**，寬恕自己曾經錯看了某個人，錯估了某件事，錯待了某段時光。

寬恕的意義在於放下內在的爭戰，那並非為了對方，而是為了不再讓那件事影響自己，所以寬恕的本質是放下。

所以與其說是原諒別人，不如說是溫柔地對待自己。

因此，親愛的，若是還不能寬恕，就先原諒自己的不能原諒吧，那是對自己的慈悲，也是必要的放下。

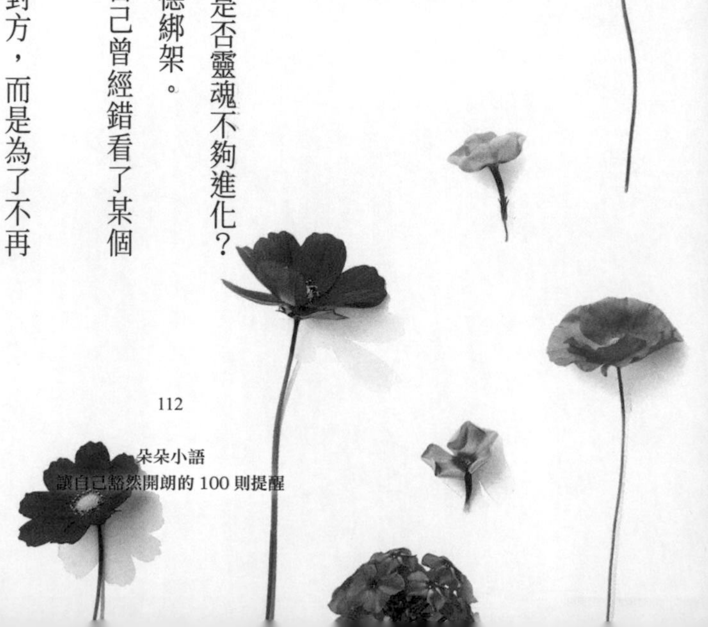

別把別人的課題變成自己的問題

也不知道為什麼，但你就是隱約感覺到，自己被某個人討厭了。

親愛的，不需要在意。

這可能只是你的錯覺，所以無須放大任何感覺。

就算真的被討厭了，也還是不必耗費能量去意識這件事，因為**「討厭」是對方的情緒，所以這件事與你無關，而是對方的課題。**

不必去苦苦思索他為什麼不喜歡你，真正的答案可能連他自己都說不清。

做你自己，不需要為了別人的情緒而讓自己心神不寧，不需要把別人的課題變成自己的問題。

因果定律是宇宙法則

你以為自己的努力與正直會帶來正面的效應，結果卻違背你的預期；你心託明月，誰知明月卻照溝渠；你盡心盡力善待別人，卻換來傷心一場，滿腹委屈。

你說：這是怎麼回事？為什麼做一個良善的人竟是這麼困難？為什麼好心沒有好報？

從這一時來看，確實很不公平。但關於一個靈魂的旅程並不只有一時，還有一世，甚至更長的前生與來世。

在那些渺不可知的時間裡，曾經發生過什麼，後來又會發生些什麼，現在的你並不知道。

但你必須明白，**因果定律是宇宙法則**。種什麼因得什麼果，每個人時時刻刻都在成就自己的業報。

親愛的，上天的旨意或許神秘難測，但你一定要相信祂的公平，也一定要知道，宇宙正在運作，而那其中的因果法則，是超越一切所知的奧妙。

想著你所擁有的

有些時候，你環顧四周，只覺得每個人看起來都比你幸福。於是你悶悶不樂，覺得上天對你不公平。

然而每個人都有自己的天堂，都有自己的地獄，每個人都有獨特的幸運之處，也都有屬於自己的人生功課。外人能看見的只是表象，看不見的才是真相。

所以無須羨慕別人，因為你看見的只是局部，而非全部。

就像別人也只看見了一部分的你，只有你才能看見完整的自己。

這完整的你，這人生的總和，終究還是十分美好的。

因此，**親愛的，要想著你所擁有的，而不是想著你所沒有的。**

要追求的是自己獨一無二的幸福，而不是比別人幸福。

停止對他人的抱怨

你說：都是他的錯。

你說：這一切的不幸，都是他害的。

但是你會不會太抬舉他了？

在你歸咎與怪罪的同時，你也賦予了他在你的世界裡侵城掠地的權力，因為你認同他的力量，他才能造成你所謂的不幸。

停止對他人的抱怨，把力量拿回自己身上來吧！

當力量在別人手上時，你只覺得一切都無能為力；拿回了主權，你才能改變不想要的狀況。

真正的力量永遠在你自己！親愛的，只要你不允許，就沒有誰能真正傷害你。

不如沉默

有些事需要表達立場，卻也有些事不需要耗費能量。

層次不同，語言就很難相同，多言反而造成更多誤解。

每個人都是相信自己所看到的真實，而所有的「真實」其實都受制於個人的觀點。

所以**不需要浪費心神能量和不同層次的人爭辯對錯，那一點意義也沒有。**

深厚強勁的水流聚集成安靜的大河，但是清淺的小溪卻嘈嘈切切說個不停，然而說得越多，破綻也就越多，越是暴露個人的不安與淺薄。

所以許多時候，與其說個你死我活，不如微笑就好；與其爭辯誰是誰非，不如無言，不如沉默。

要為自己勇敢

為什麼要委屈求全？其實**委屈從來都無法求全，只求來了你心中的缺。**

這個缺被你壓抑，無法伸張，久而久之就形成了自我攻擊的細胞，破壞你的身體，打壓你的健康。

不要自我壓抑，不要害怕不和諧的場面，當你忍氣吞聲的時候，你沒有尊重自己真正的感覺，也就不會得到別人的尊重。

親愛的，要為自己勇敢，要設立不容侵犯的界線，該說的話要說，該拒絕的要拒絕。

當你展現了一個有能量的自己，才會得到該有的尊重。

當你不再害怕不和諧的場面，才會擁有自我和諧的感覺。

還給自己一顆平靜的心

那個人對你做了很壞的事，讓你耿耿於懷。每當想起，你就陷入痛苦的地獄。

你想要原諒，但你做不到，於是在寬恕與否之間交戰不已。

親愛的，他已經傷害了你一次，別再讓他的陰影繼續影響你。

所以放下要不要原諒的問題，而是告訴自己：

「他值不值得原諒並不重要，重要的是我值得還給自己一顆平靜的心，繼續屬於我的幸福人生。」

原不原諒真的不重要，重要的是你還有未來的日子要過，而你決定要好好過。

重要的是你不允許那個人和那件事，在你的餘生繼續侵占你的人生。

這一刻是下一刻的往事

也許在這個當下，你正陷落在情緒的漩渦裡，然而那些讓你不快樂的人和不舒服的事，在人生的時間長河裡不過是隨生隨滅的水花，轉瞬之間就消失無蹤。

無論你放手還是不放手，一切終將過去。

就算這一刻再怎麼艱難，都將成為下一刻的往事。

事過境遷再回頭看，你總是發現情緒變得很淡，有如縹緲遠去的煙塵。

所以，親愛的，雖然現在的你十分難過，但這只是現在而已。留不住的不只是歡愉，還有痛苦。

在這當下看似過不去的，總有一天終將不復記憶。即使記得，也將只是付諸一笑。

◆ 卷六 ◆

難熬難過時，你需要這些話

你正在創造自己的世界

生命中一切的發生，都是開始於潛意識裡的召喚。
內在若是平靜安寧，外在的世界才會風和日麗。
內在若是充滿負面念頭，外在的一切也就刀光劍影。

世界是你心裡的回聲，人生忠實地反映了你的所思所想，因為每一個外在結果都是內在思緒的呈現。

你的世界由你創造，所以，親愛的，要常常檢視自己的核心信念，要常常給自己植入正面想法，要常常對自己說：

可以讓我更喜悅、更有能量的一切都會在我需要的時候出現，帶給我更高的益處，讓我成為更好的自己。

我正在創造我喜歡的世界。

相信什麼就活出什麼

就像健康的果心結出香甜的蘋果，正面的核心信念才會成就正面的人生。

所以你必須常常提燈往自己的內在去探尋，去仔細看看你的心底深處相信的是愛還是恐懼，是黑暗還是光明。

親愛的，你相信什麼，就活出什麼。相信愛就活出愛，相信光明就活出光明，反過來說也是一樣。

所以，要隨時回到自己的內心，看看內心深處真正的想法，是否符合你對人生的期望。

擁有一顆強大的心

強大的心是包容的心，以柔軟的方式呈現。

強大的心接受一切的發生，沒有抱怨，沒有對抗。

強大的心平靜地看待所有的過程，任陽光來去，任風雨來去。

親愛的，做一個外表柔軟而內心強大的人，這樣的你可以接受一切的發生，也可以平靜地看待所有的過程。

幸福的人

幸福的人總是懂得感謝，總是感到喜悅與恩寵，總是在微小之處看見美善。

幸福不是條件的累積，不是階段的到達，不是擁有什麼或解決什麼，也不是多了什麼或少了什麼。

幸福就是這個當下，此刻，現在；幸福就是因為你活著，呼吸著，存在著。

一個人可能擁有一切卻不覺得幸福，一個人也可能一無所有卻感到被幸福充滿。這都是你可以做的選擇。

而你選擇懂得感謝，選擇對喜悅與恩寵說Yes，選擇在任何微小的細節之處看見美麗與良善。

你選擇當一個幸福的人。

於是你成為一個幸福的人。

做一個好夢

不要把生命看得太嚴肅，那樣很難快樂起來。

畢竟，人生只是一場夢。

然而也不能輕忽了這一切，**人生雖是夢，但總是要做好夢，所以要好好面對眼前，該努力的要努力，該放手的要放手，別讓它成為一場難捱的噩夢。**

親愛的，你就是自己的造夢人，因此抱著愉悅的心情，去創造自己喜歡的人生，去快樂地做這場夢吧。

與頭腦裡那個喋喋不休的聲音保持距離

你是否已經發現，自己的頭腦裡有個喋喋不休的聲音？

那個聲音總是在說這樣是好的那樣是壞的，這樣是對的那樣是不對的，過去如何錯了，未來又如何令人擔憂，某某如何辜負你，你又如何為某某傷心……

於是你被制約，於是你對自我挑剔，於是你能量低迷。

親愛的，不要認同那個聲音，那是頭腦裡的詭計。

所謂自我觀照，就是與那個聲音保持距離，靜靜看著自己。

靜靜看著自己，你的心情就不再跟著那個聲音起伏上下，即使它依然存在，卻不能再影響你。

於是你從制約中解脫，於是你可以與自己好好相處，於是你得到了內在的寧靜。

當下就放下

那件事已經困擾你太久，但它真的值得你這樣放在心上耿耿於懷嗎？

當你可以一笑置之，你就放下了，那件事也就不能再困擾你了。

放下的瞬間，你並沒有失去，而是得到了自由。

親愛的，當下就放下，現在你就可以得到海闊天空的自由，所以一笑置之吧。

無欲則剛，心頭空無最是神清氣爽，就像平靜無波的湖水才能照見萬事萬物。

一個人最豐盛、最強大、最無懼、最無敵的時候，不是擁有一切的時候，而是全世界都可以放下的時候。

凡事平靜以對

人生就是修行，修行就是修心，修一顆慈悲柔軟的心，修一顆強大堅定的心，修一顆平靜從容的心。

更簡單的說法，**所謂修行，就是做好情緒管理**。能好好管理自己的情緒，自然就趨吉避凶，長此以往就改變了自己，也改變了命運。

所以，親愛的，凡事平靜以對，別讓一時的情緒破壞了自己的心與人生的修行。

把重心移回自己身上來

如果面對一個人或處理一件事總是充滿挫折，那麼與其試圖改變他人或改變現狀，你不如改變自己。

不能再以相同的態度去面對與處理，畢竟事實已經證明那是無效的。若重複同樣的模式，也只是又一次的挫折。

所以，親愛的，把重心移回自己身上來。

一切的發生都是在你之內，所以必須從自己的內心去改變。

常常檢視自己的內在，常常默念「對不起，請原諒，謝謝你，我愛你」，讓自己更寬容，更柔軟，更有愛的能量。

先改變面對事情的態度，才能改變人生的高度，進而改變世界的維度。

一切都是無常的流動

昨日的淚可能是今日的雨。

今天的河水也許是明天的白雲。

萬事萬物恆常在變化之中，沒有絕對的是非好壞，只是能量轉換的不同。

一切都是無常，一切都是流動，一切都是無常的流動。

一切都是過程，一切都曾經過來，一切也都將會過去。

所以，親愛的，你又有什麼好執著呢？

人生就是所有選擇的總和

任何時候，任何事情，任何狀況，都是可以選擇的。

可以選擇做，可以選擇不做。

可以選擇要，可以選擇不要。

可以選擇開始，可以選擇結束。

可以選擇離去，可以選擇回來。

可以選擇執迷不悟，可以選擇看淡、看開與看穿。

親愛的，人生就是所有選擇的總和，而你擁有選擇權，永遠都要選擇那個愛的選項，提升心靈的選項，讓自己海闊天空的選項。

先讓自己快樂起來

這世界是一個能量場，相同的頻率才能彼此共振，所以要讓自己處在一個快樂的狀態，那麼快樂的人快樂的事就會來與你共振。

反過來說也是如此，如果你處在一個負面的狀態，那麼你的周圍就會有更多負面的人負面的事。

快樂帶動快樂，憂愁蔓延憂愁。萬事萬物都是能量的流動，而你的心靈狀態是其中的關鍵。

所以，親愛的，要改變你所置身的環境，就先讓自己快樂起來吧。

一切都將成為過眼雲煙

身是流水，心似浮雲，看著人生像是看著自己主演的電影，所有的歡喜憂愁，所有的相聚別離，不過是經過你而已。

讓它們經過就好，沒有什麼值得緊握不放。

親愛的，不需要念念不忘，不需要耿耿於懷。

一切只是經驗，一切都會走過。

當你走過了，一切就成了過眼雲煙。

卷六

難熬難過時，你需要這些話

不再自我爭戰

與自己和解，就是不再自我爭戰了。

不再自我挑剔，不再自我責備，不再擔心自己不夠美也不夠好。

不再自傷自憐，不再覺得自己不幸，不再總是將自己和別人做比較。

不再自我為敵，不再自我打擊，不再把自己當成傷痕累累的沙包。

因為種種不再，於是不再緊繃，有了放鬆。

因為放鬆，外界的一切鬼影幢幢和劍拔弩張也就消失了。

親愛的，外境是內心的投影，當你不再自我爭戰，就放過了自己，也放過了世界。

當你與自己和解，也就與全世界和解。

你心頭上的那塊石頭

山腰上的那塊巨石，從山頂來看只是一塊小石頭。
再高遠一些，從天空來看只是一個模糊的黑點。
繼續擴展到無限，從宇宙來看只是一粒根本看不見的微塵。
親愛的，你心頭上的那塊石頭也是這樣。

眼界越高，格局就越大，煩惱就越小。

將心靈擴展到無限，所有的是非恩怨也就不存在了。

痛苦的解方

如果愛上別人讓你感覺痛苦，那麼更愛自己就是痛苦的解方。

因為更愛自己，所以你不會捨得自己為了他人而過度憂傷，一些些難過是可以的，一些些低潮是可以的，但也就這麼多了。

因為更愛自己，所以你會很快讓自己再度開心起來，你知道沒有任何人值得你為他茶不思飯不想，也沒有任何人值得你為他熄滅了自己的光。

因為更愛自己，所以你很清楚自己的重要性在任何一個他人之上！

這樣的認知讓你度過痛苦的風暴，還原自己的天地為一片晴朗。

卷六
難熬難過時，你需要這些話

放掉過去的幽靈與暗影

如果一直緊抓不放著某件事、某種感覺、某個記憶，那麼那件事、那種感覺、那個記憶就會持續地影響你。

然而那只是幽靈，只是暗影，它們的存在只是因為你不願放手讓它們離去。

因為它們在你心裡始終過不去，所以你的時間停留在某個時空，你一直還是過去那個悲傷憤怒的人，那個受傷的自己。

親愛的，放手吧，讓過去過去，未來才會到來。

放掉過去，你才能全心全意地活在現在，也才能遇見未來那個無限可能的自己。

觀賞自己正在演出的劇情

都說人生如戲，真是如此。

戲裡有各種悲歡離合的糾結，各種喜怒哀樂的纏繞，但再怎麼千迴百轉，撕心扯肺，蕩氣迴腸，又哭又笑，終究只是一齣戲。

當你以一種看戲的心情，觀賞自己正在演出的劇情，就超越了自身角色的格局，抽離了那些執著迷惘，那些挫折困頓。

雖然人生如戲，但你可以人間清醒。

因為你十分明白，自己既是導演，也是編劇，既是戲中的演員，也是戲外的觀眾。

你就是自己的光

照亮你的是什麼？是別人對你的讚美與肯定，還是當所有人都否定你的時候，對自己始終堅定不移的自信？

別人送給你的光，別人也可以吹熄它，唯有那道光是從你的內心發出來的，它才會一直在你身上。

親愛的，你就是自己的光。

自信就是你的光。相信自己，你就能發光。

允許一切如其所是

事情沒有按照你的期待進行，別人沒有符合你的期待行事，都讓你受挫難過，心情低落。

但事情有它進行的脈絡，別人有他自己的造化，若是沒有依循你的期待而行，這不是理所當然嗎？

畢竟你只能期待而無法奢求。

但你可以放下那些期待。

沒有了那些希望與失望交織的重量，你的內心瞬間輕盈了起來。

親愛的，你不只放下期待，你還放過了自己。

當你願意接納所有的發生，當你願意允許一切如其所是，你與當下達成和解，也就與自己達成和解。

必要的任性

不要浪費時間過自己不想過的生活，也不要浪費時間和那些讓自己不開心的人在一起。

違背自己真正的感覺，就是對生命的浪費。

把珍貴的時間用來做自己想做的事，見自己想見的人，以自己喜歡的方式過自己想要的生活，這是必要的任性。

人生有限，何必浪費時間為別人而活？

親愛的，人生沒有你以為的那麼長，**不要勉強自己去將就自己不喜歡的狀況，沒有什麼事值得你委屈自己，也沒有什麼人值得你為他眉目不揚。**

先讓自己的心安靜下來

心亂的時候，你的心上下動盪，就像一杯混濁的水，什麼都看不清楚。

這時不適宜作任何決定，因為你想的可能都是錯的。

所以先讓自己的心安靜下來，讓那杯水慢慢沉澱，讓心漸漸寧靜、透明、空無。

親愛的，當你的心安靜，世界也就安靜了。

讓心空白，才有答案浮現的空間。

所以要常常問自己：我的心是安靜的嗎？

默默去感受這個答案，心也就漸漸安靜了。

真正且有效的祈禱

親愛的，你知道嗎？你就是自己世界的創造者！

你可以擁有豐盛的金錢、美好的情感、快樂的生活，這其中的關鍵在於，**你要相信自己已經得到，並為此衷心感謝。**

相信與感謝，這是真正且有效的祈禱。

祈禱與祈求不同，因為祈求總是代表著現狀的匱乏，而祈禱是相信並感謝一切皆成就與圓滿。

感謝宇宙慷慨的給予，相信自己值得擁有想要的一切。

所以請把以下這段話當成美麗的咒語，在每天早晨念誦一遍，讓它進入你的潛意識，成為真實：

「相信今天會有好事發生，感謝今天一切的發生，今天發生的都是好事。」

人生是可以改變的嗎？

你問，人生是可以改變的嗎？

當然可以！

無論現況看起來多麼糟糕，但只要改變你的想法，讓正面樂觀深入潛意識去取代負面悲觀，以「與世界共好」這樣的信念去改變思想的頻率，一切就會漸漸改變。

懷著利他之心正面思考，事情的發展也將往良性的方向走去。

心想事成，這是真的。一切外在的發生都是從你內在的潛意識開始。

所以，親愛的，人生當然是可以改變的！**當你的核心信念改變，就改變了你的人生。**

你的意識就是你的全世界

你的世界因為有你才存在。

因為你意識到陽光，才有了陽光。因為你意識到雲朵，才有了雲朵。因為你意識到萬事萬物，才有了萬事萬物。

意識所向，即成世界。

反過來說，當你不去意識什麼，那些什麼就不會存在你的世界裡。所以不必去意識那些不值得放在心上的人事物，別把那些人那些事看得那麼重要。

事實上，只要你覺得不重要，也就真的不重要。

親愛的，你的意識就是你的全世界，你可以決定你的世界愁雲慘霧，你也可以決定你的世界豁然開朗。

卷六
難熬難過時，你需要這些話

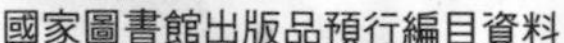
國家圖書館出版品預行編目資料

朵朵小語：讓自己豁然開朗的100則提醒 / 朵朵 著.
-- 初版. -- 臺北市：皇冠文化出版有限公司，2024.
03
160面；21×14.8公分. --（皇冠叢書；第5145種）
（朵朵作品集；15）
ISBN 978-957-33-4123-9（平裝）

863.55 113001723

皇冠叢書第5145種
朵朵作品集 15

朵朵小語：
讓自己豁然開朗的100則提醒

作　　者—朵　朵
發 行 人—平　雲
出版發行—皇冠文化出版有限公司
臺北市敦化北路 120 巷 50 號
電話◎ 02-27168888
郵撥帳號◎ 15261516 號
皇冠出版社（香港）有限公司
香港銅鑼灣道 180 號百樂商業中心
19 字樓 1903 室
電話◎ 2529-1778　傳真◎ 2527-0904
總 編 輯—許婷婷
責任編輯—蔡承歡
美術設計—嚴昱琳
行銷企劃—鄭雅方
著作完成日期— 2024 年 1 月
初版一刷日期— 2024 年 3 月
初版四刷日期— 2024 年 3 月
法律顧問—王惠光律師

讀者服務傳真專線◎ 02-27150507
電腦編號◎ 573015
ISBN ◎ 978-957-33-4123-9
Printed in Taiwan
本書定價◎新臺幣 320 元 / 港幣 107 元

• 皇冠讀樂網：www.crown.com.tw
• 皇冠 Facebook：www.facebook.com/crownbook
• 皇冠 Instagram：www.instagram.com/crownbook1954
• 皇冠蝦皮商城：shopee.tw/crown_tw